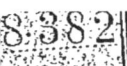

AMOUR ET DIEU

POÉSIES

DE

JOAQUIM NABUCO

PARIS

IMPRIMERIE DE J. CLAYE

RUE SAINT-BENOIT

—

1874

AMOUR

ET DIEU

AMOUR
ET DIEU

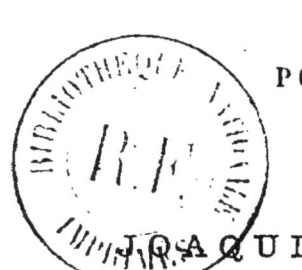

POÉSIES

DE

JOAQUIM NABUCO

PARIS

IMPRIMERIE DE J. CLAYE

RUE SAINT-BENOIT

1874

MON LIVRE

Le siècle est au couchant; enfant de sa vieillesse,
Morne contemplateur de ses débris fumants,
Je porte sur mon front l'ombre de sa tristesse...
Aux ruines qu'il fait dois-je prêter mes chants?

J'aimerais mieux me taire : au regard du profane
Pourquoi livrer ainsi mes intimes douleurs,
Quand mon âme pour Dieu reste encor diaphane,
Qu'il la voit à travers le cristal de mes pleurs?

Aussi dans mon pays je rêvais en silence.
Perdu dans le désert, seul dans l'immensité,
Aux sources des forêts, en buvant l'espérance,
Je disais : Le bonheur n'est que la liberté.

Pourquoi parler alors mon infime langage,
Quand les feuilles, les vents, les nids et les forêts,
Confondaient tous leurs bruits dans un accord sauvage,
Le poëme infini des éternels regrets?

Mais un jour, aux sommets de nôtre cordillère,
Sous un soleil ardent la neige éclate et fond;
L'avalanche, roulant sur mille dents de pierre,
Vient au pied des rochers former un lac profond.

C'est l'inspiration. L'amour est cette neige,
Qui dore pour toujours les cimes de mon cœur.
Comme elle est près de Dieu sa hauteur la protége;
Aucun regard humain n'en ternit la blancheur.

Mon livre, c'est le lac. Les oiseaux de l'espace
Loin de ses bords déserts s'envolent effrayés;
Dans ses eaux sans couleur, seul l'étranger qui passe
Secoue avec dédain la poussière des pieds.

Mais ne l'oubliez pas, cette eau dormante et vile
A ceint les hauts sommets, un jour, de ses rayons :
Aussi mon cœur vaut mieux que ce livre inutile.
Mon poëme, le seul, c'est mes illusions!

A LA FRANCE

I

Quand je rêvais, le soir, sur ma déserte plage,
Écoutant le silence ou les bruits de la mer,
Il me semblait au loin voir, comme un doux mirage,
Une terre surgir dans les vapeurs de l'air.
C'était l'illusion de ma longue espérance
Qui jetait ses reflets sur l'horizon distant,
Et dessinait ainsi les côtes de la France
   Dans la pénombre du Levant.

C'était alors le temps de ton plus grand prestige.
Tu levais sur le monde un sceptre souverain ;
Tu planais aux hauteurs où nous prend le vertige ;
Ta griffe avait saisi, dans son vol, le Destin.

Sous tes pieds tu foulais les trônes, la tiare;
De tes clairons de guerre on entendait l'écho
Venant des murs brûlés de la ville tartare
  Au fossé de Queretaro!

Ce fut l'enivrement de ton immense gloire,
Et l'orgueil commença de troubler ta raison;
Tu crus qu'il ne fallait veiller sur ta mémoire,
Que tes rois avaient fait déjà trop pour ton nom...
Et tu t'es endormie en cette foi profonde.
Comme une ombre, autrefois, protégeait un tombeau,
Tu livras ton honneur à la crainte du monde :
  Le passé gardait ton drapeau !

Malakoff, Magenta te berçaient comme un rêve,
Sur ton char que tiraient les léopards anglais;
Tu semblais n'accorder au monde qu'une trêve,
C'était pour tes soldats un lourd sommeil, la paix !
Puis, quelle nation songeait à la revanche?
Il faudrait contre toi l'Europe en action,
Et tu l'avais brisée, en effaçant la Manche,
  La vieille Coalition!

Pourtant le premier jour que je t'ai saluée,
L'étranger, le vainqueur, avait quitté ton sol.

Tu n'étais plus la même; à ton aile blessée
L'on pouvait mesurer la hauteur de ton vol.
Ce ne fut pas l'obus qui te jeta mourante
Sur ce lit où fumaient tes palais fastueux;
Il n'atteint pas si haut! Dans ta gorge sanglante,
    J'ai vu, moi, la flèche des dieux !

II

Je n'ai pas de parti dans ton sein; je contemple
Les astres qu'à ton ciel on voit aller, venir;
Mais ce que me découvre un horizon plus ample,
C'est la projection qu'ils ont sur l'avenir.
Mon cœur peut honorer, — la mémoire en est vaste, —
Tous ceux qui, dans ce monde, ont fait du bien un jour;
Car je ne saurais point, comme un iconoclaste,
    Mêler de haine à mon amour.

Souviens-toi du passé; tu n'es point solitaire !
Quand tu semblais perdue à jamais pour ton roi,

Jeanne d'Arc a vu Dieu répondre à sa prière...
Pour génie elle avait son amour et sa foi.
Et tu sentis en toi renaître l'espérance;
Avec ce vent du ciel où peut-on échouer?
Mais, pleine de dédain, tu brisas l'alliance:
     - Dieu t'offre de la renouer!

Comme ces deux courants, dont est tracé le rôle,
Répandent dans la mer la vie et la chaleur;
L'un rejetant nos eaux vers les plages du pôle,
L'autre, froid et glacé, tempérant l'équateur...
Viendront-ils ces partis lentement, en mystère,
L'un coulant du passé, l'autre de l'avenir,
Confondre dans ton sein, qu'a frappé le tonnerre,
     L'espérance et le souvenir?

Ne s'uniront-ils pas en voyant ta détresse,
Ces frères ennemis tour à tour écrasés,
Ces enfants que tu sens se déchirer sans cesse,
O pauvre Rébecca, dans tes flancs épuisés?
Ignorent-ils qu'il faut une longue étendue
De travail, d'union, de paix, de liberté;
Qu'il faut un avenir, mais à perte de vue,
     Au soldat de l'humanité?

Or, partout tu combats pour une œuvre divine!
Sous tous les méridiens je vois ton sang versé;
Tu refais pour la Grèce une autre Salamine,
L'Italie est encor plus grande qu'au passé.
Qu'un peuple se relève, ou qu'un peuple succombe,
Sur lui toujours s'étend ton généreux drapeau;
La Pologne l'a vu déployé sur sa tombe,
    L'Amérique sur son berceau!

III

Mais, quel que soit ton sort, pense à ce noble otage
Qui reste entre les mains d'un terrible vainqueur;
A cet affreux supplice égale ton courage,
Et dis-toi chaque jour, ravivant ta douleur,
Que la Lorraine à Metz demande, à genoux, grâce;
Que tu n'as pour passer, triste et suprême effort!
Une goutte de sang aux veines de l'Alsace
    Qu'un lambeau de son cœur : Belfort!

Sais-tu ce qu'elle dit, de son lit de souffrance,

A ce sombre guerrier, quand, venant écouter
Si dans ce sein meurtri bat toujours l'espérance
Et s'il n'approche point, le moment de douter, —
Il la voit chaque jour plus sombre, plus hautaine,
Sans vouloir s'effacer dans la grande union,
Et lui dit d'un accent où perce de la haine :
            « J'ai le droit de votre option[1] ! »

« — Oh! non, tu ne l'as pas... non, je suis la victime !
Mais si j'avais vendu ma propre liberté,
Devant le monde et Dieu cela serait un crime,
Car ce sol profané, lui, n'aurait pas opté.
Beaucoup de mes enfants ont quitté cette terre,
J'en porterai le deuil dans le fond de mon sein ;
Les autres sont restés pour garder la frontière...
            Il leur a fallu du dédain !

« Tu penses arrêter le sang de notre vie
En t'emparant des rails de nos chemins de fer ;
Nous avons cinquante ans pour changer de patrie,
Pour nous enrôler tous, contents, dans la landwehr.

---

1. Allusion à un discours du feld-maréchal de Moltke.

Oui, la force t'inspire autant de confiance
Que nous en puiserons dans le droit éternel.
Nous sommes les deux bras mutilés de la France
    Qu'elle tend toujours vers le ciel ! »

IV

L'avenir est pour toi, la justice l'assure ;
Mais tu verrais bientôt, France, pleine d'orgueil,
Sous ton bandeau royal pousser ta chevelure,
Et tu le quitterais ce long voile de deuil ;
L'épée entre tes mains, comme un glaive de flamme,
Ferait trembler encor les peuples et les rois,
Si, comme à Tolbiac, aspirant une autre âme,
    Tu pouvais te dire : Je crois !

Mais si ce jour revient, et peut-être il est proche,
Cherche dans ton passé le chemin de l'honneur.
N'as-tu plus un soldat « sans peur et sans reproche » ?
Donne-lui ton drapeau... mais silence, mon cœur !

Oui ! pour que ce désir ne soit une chimère,

Qu'il ne trompe jamais, ce grand, suprême espoir,

Et que ton étendard ne devienne un suaire,

France, il faut faire ton devoir !

Rome.

NOSTALGIE ET AMOUR

A Mlle D'An...

Dis, te souviens-tu, ma chérie,
De cette douce nuit d'amour?
La lune à la mer endormie
Jetait la clarté d'un beau jour.

Sous la voûte bleue et profonde
Où tout allait se reposer,
Moi je rêvais seul avec l'onde
L'idylle d'un premier baiser.

O fraîche rose du tropique,
Dis-moi, par ce calme serein,
La chaleur de ton Amérique,
La trouvais-tu pas sur mon sein?

Quand la lune argentait les voiles,
Et semait des perles sur l'eau,
Déjà de nouvelles étoiles
Se levaient sur notre vaisseau.

Et je contemplais en silence
Leur marche dans le firmament...
Mais les astres de mon enfance
Ne brillaient plus à ce moment.

Un instant j'ai cru, dans l'espace,
En voir surgir un, par hasard.
C'en était à peine la trace
Qui scintillait dans ton regard.

Quand nous nous disions : « Je t'aime, »
Par ce ciel transparent, uni,
L'écho de notre court poëme
Nous revenait de l'infini.

Et mon regret, ma nostalgie,
S'effaçait dans ces tristes lieux,
Car je retrouvais la patrie
Vivante au fond de tes grands yeux.

ILLUSION

A Mme D'OLFERJEFF.

Le lac semble dormir ; sans en rider la face
Le ciel se réfléchit dans son sein transparent.
Le sillage aussitôt se referme et s'efface ;
Le bateau, comme un cygne, ouvre son aile au vent.

La lune point au ciel, comme une fiancée,
Et marche lentement sous un long voile blanc.
Par la neige des monts sa gorge est enlacée ;
Mais elle s'en dégage et vient prendre son rang.

La Grèce croirait voir une fête divine.
Quand Diane s'élève et veut traverser l'eau,
Le soleil, qui s'éteint dans son pourpoint d'hermine,
Lui jette sous les pieds son lumineux manteau.

Paranymphe d'un jour de la noce éternelle,

Je contemple, ébloui, le champ du firmament.

L'ambroisie à mon cœur donne une ardeur nouvelle.

Comment le temps peut-il clore un pareil moment?

Ouchy (Beau-Rivage).

LE RÊVE

A M. S. DE BARROS PIMENTEL.

Vous aimez, je sais, l'espérance,
Je n'aime que le souvenir;
Ainsi nous voyons à distance
Moi le passé, vous l'avenir,

Comme sur la mer solitaire
Nous contemplions du vaisseau,
Moi, la pénombre de la terre,
Et vous, l'immensité de l'eau.

Ainsi, du milieu de la vie,
Vous en regardez l'horizon,
Et moi, je suis avec envie
Le flot où s'ouvre le sillon.

La même force nous relève
Dans nos douleurs et nos regrets.
Mais pour nous la clarté du rêve
Dore de différents sommets.

Il peint ce qui n'est pas encore
Pour vos yeux éblouis, confus ;
Dans mon cœur à peine il colore,
De ses rayons, ce qui n'est plus.

Il est l'âme de ma mémoire ;
Il vient lorsque j'ai démoli
Le sombre bloc de mon histoire
De ce rude marteau : l'oubli...

Oui, quand dans l'urne cinéraire
Il ne reste aux rayons du jour
Qu'un souvenir de ma prière,
Ou qu'un regret de mon amour ;

Le rêve vient jeter ses teintes
Sur ces restes de mon bonheur,
Relever ces ruines saintes,
Réunir ces fragments du cœur.

Il ne peut créer, mais il dore
Ce que l'oubli laisse vivant.
Pour vous, le rêve est une aurore;
Pour moi, le reflet du couchant.

Ainsi je regarde en arrière,
Mon bonheur c'est le souvenir,
Je reste sur ce coin de terre;
Vous, vous voguez vers l'avenir.

Le ciel est d'azur, l'eau profonde,
Le sillage en est effacé...
Ami, le bonheur en ce monde
C'est l'illusion du passé.

Amalfi.

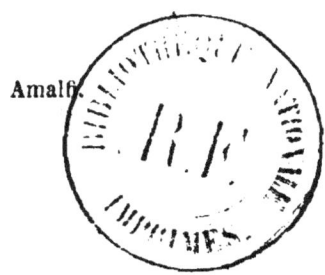

LE PREMIER ROMAN

A Mlle C. D'ANDRADE.

Sur la terrasse je l'ai vue,
A l'ombre de notre palmier,
Lisant un roman, seule, émue...
Ce devait être le premier.

Les violettes du parterre
. Vers elle jetaient leurs parfums ;
Un rayon perdu de lumière
S'enroulait dans ses cheveux bruns.

Mais elle lisait, attentive,
Cette histoire au gré de son cœur,
Croyant dans son âme naïve
Que c'est un roman le bonheur.

Pourtant, à la dernière page,
L'auteur, plus cruel que le sort,
Trouvant commun le mariage,
Dénouait l'amour par la mort.

Je la vis muette et pensive;
Les rêves brillaient par essaims
Au fond d'une larme furtive...
Le livre lui tomba des mains.

Rome.

A POMPÉI

A MON AMI F. BRAGA.

Ami, lorsque j'ai vu surgir le vieux squelette
De Pompéi, drapé dans son grand linceul noir,
Et le Vésuve, au loin, les cendres sur la tête,
    Sur la laque rouge du soir ;

Et le mur qui debout se soutient sous sa fresque,
Les temples du Forum dessinant le contour,
Et les autels sacrés, où semblent fumer presque
    Les offrandes du dernier jour ;

Ces débris entassés parlèrent à mon âme ;
Je compris leur histoire et leur sombre regret ;
Du volcan endormi je devinai le drame,
    La lave me dit son secret.

Sur ta mâle poitrine, ô noir et vieux Cyclope,
Pompéi se berçait; mais, quand venait la nuit,
Couverte de sa pourpre, aussi jeune qu'Europe,
    Elle partait seule et sans bruit.

Sa trirème coupait l'eau sonore et profonde,
Dans le sillage d'or ses yeux étaient noyés...
Elle pouvait aimer, bien loin de toi, cette onde
    Qui venait mourir à ses pieds.

Comme elle était heureuse, au jour où tu l'as vue!
Tout son corps frissonnait à la fraîcheur de l'eau ;
Le flot, pour enlacer sa gorge blanche et nue,
    Bondissait comme le taureau.

Quand elle vint à toi, tordant sa chevelure,
Et la pourpre collée au sein humide encor,
De ta lave de feu, tu l'étouffas, l'impure!
    Sur votre lit d'ivoire et d'or.

Tu ne fais pas horreur, ô Titan insensible,
Si tu détruis un jour la vie et le printemps,
Car je sais quelque chose encor de plus terrible
    Que ta cendre noire : le temps.

Toi-même, ô Pompéi, comme tu les contemples,
Ces pâles affranchis, ces barbares du Nord,
Tous ces enfants d'un Dieu trop jeune pour tes temples,
    Qui sont venus troubler ta mort.

Car, dès que de leur main impure, sacrilége,
Ils ont fouillé ta tombe ou ton lit nuptial,
Tu sais que ta beauté nul dieu ne la protége
    Contre le temps, sombre chacal.

Mais non ! si dans tes murs vit ton âme romaine,
Oubliant ce beau golfe, aux suaves contours,
Qui roule la même onde, embaumée et sereine,
    En chantant ses nouveaux amours,

Souris à ce volcan mourant et solitaire,
Dont la flamme s'éteint avec ton souvenir,
Et qui pour t'embrasser, du fond de son cratère,
    Pousserait son dernier soupir.

Naples.

FANTAISIE

A MON FRÈRE S. NABUCO.

Notre vaisseau voguait sous un ciel diaphane ;
La mer pour s'endormir, pleine de volupté,
Sur son divan de pourpre, ainsi qu'une sultane,
    Rehaussait sa beauté.

Le soleil, entouré d'une rouge auréole,
Étincelant sur l'eau comme un globe de feu,
Semblait à l'horizon l'éternelle coupole
    De la cité de Dieu.

Et je le contemplais, l'astre flottant, sublime...
Ce que j'avais au cœur mon regard l'indiqua :
Je rêvais de le voir, ce dôme, de la cime
    Où l'adorait l'Inca.

2*

L'horizon m'inondait des reflets de sa flamme,
Mais je sentais sur moi le rayon éternel,
Car l'amour et la foi se fondaient dans mon âme,
    Comme l'onde et le ciel.

Elle était près de moi... recueillie et pensive,
Son beau corps appuyé sur le bord du vaisseau,
Voyant courir, au ciel, la vapeur fugitive,
    Ou les rayons sur l'eau.

Et je lui dis alors, comme je savais croire !
Qu'elle était mon espoir, mon intime soupir ;
Qu'elle remplissait seule et toute ma mémoire
    Et tout mon avenir.

Ah ! je la vois encor ! les mains entrelacées,
Sentant, comme la mer, son cœur se soulever,
Et dans ses grands yeux bleus flotter mille pensées,
    Elle semblait rêver.

Puis fixant du soleil le tremblant diadème,
Et cherchant du regard à découvrir plus loin,
Elle me murmura ces paroles : « Je t'aime, »
    Devant Dieu, son témoin !

A cet instant la mer s'étendait calme, unie ;

Les lames du couchant brillaient comme un autel.

Ce fut l'illusion courte, mais infinie,

     Le moment éternel !

Sorrente.

LE CANTIQUE AU DÉSERT

A MON FRÈRE V. NABUCO.

I

Quelle est cette clameur qui retentit dans l'air,
Qui semble se lever des antres de la mer,
    De l'horizon de l'Afrique?
L'Ismaélite tient des deux mains son cheval,
Entendant résonner cet hymne triomphal,
    Ce majestueux cantique.

Mais que voit-il? — Un peuple apparaît au couchant,
Et marche tout uni sur le sable brûlant
    Chantant sa double victoire ;
Ce peuple est plus nombreux que les astres du ciel ;
A ses cris redoublés de : « Gloire à l'Éternel, »
    Tous les vents répètent : Gloire !

Et devant lui s'avance un homme sombre et fier,
Dont le front est toujours sillonné par l'éclair,
  Dont la voix est le tonnerre;
Une vapeur du ciel le précède ou le suit,
Qui s'embrase soudain, pour éclairer la nuit,
  Comme des flots de lumière.

Le cantique vibrait, immense cri d'espoir!
Sous la voûte des flots dans leur grand linceul noir
  Dormait le peuple d'Égypte.
La Pyramide était un bien vaste tombeau,
Mais Dieu lui réservait au fond rouge de l'eau
  Une plus royale crypte.

Pendant un demi-siècle, Israël va traîner
Ses pieds nus sur le sable où l'on ne peut glaner
  Que l'herbe morte, inutile;
Sous ce soleil de feu, mourant à tous moments,
Il va blanchir tout seul de milliers d'ossements
  L'infini morne, stérile.

II

Relis donc ce poëme, ô peuple ; souffre et crois !
Des siècles de douleur ne donnent pas le droit
        D'avoir une défaillance.
L'orage ne pourrait effacer le ciel bleu.
Comme le monde entier a veillé sur le feu,
        Veille, toi, sur l'espérance.

Mais quand il a bâti ce monument hautain,
Dont le sommet au soir coupe le ciel d'airain,
        Et ces sphinx sombres de pierre,
Ne voyait-il, debout sur la terre d'exil,
Les enfants de sa race enlevés par le Nil,
        Vaste, ondoyant cimetière ?

Dans l'ossuaire où gît le grand peuple romain,
Seul Israël peut voir la douleur de son sein
        Par lui-même éternisée.

Toujours l'arc de Titus au fond des bas-reliefs
Garde les vases saints enlevés de ses nefs;
    C'est son sang, le Colisée !

Mais quand il soulevait, affaissé sous leur poids,
Ces amas de granit pour les cercueils des rois,
    Et ces nécropoles fières,
Quand son sang pétrissait leur éternel ciment,
Il mourait sans douter, pour tenir le serment
    Fait au Seigneur par ses pères.

Et quand le soleil vient dorer de ses rayons
Ces sombres monuments, cette pourpre en haillons,
    Sion gît dans la poussière !
Peuple, l'amour de Dieu fut ta damnation;
Le seul et maudit fruit de cette adoption
    Fut un excès de misère!

Car depuis Abraham tu changes chaque jour.
Le patriarche errait de séjour en séjour,
    Sur la déserte prairie ;
Après de durs labeurs et de bien tristes nuits,
Où l'on dressait l'autel, où l'on creusait le puits,
    C'était toute la patrie.

Et maintenant au monde, opprimé, seul, banni,
Comme dans le désert tu sais rester uni
         Par un lien infrangible;
Sion n'a plus de temple, il gît incendié :
Mais dans le sein de Dieu tu t'es réfugié,
         Ton royaume c'est la Bible.

III

Marche, marche sans cesse, éternel pèlerin,
O peuple élu de Dieu, suis ton sombre destin,
         Chante des psaumes et pleure;
Car, depuis que Jésus mourut sur le gibet,
La terre semble avoir, Israël, le regret
         D'être toujours ta demeure!

Mais si l'aurore vient, qui point dans ton espoir,
O sombre condamné! s'il t'est donné de voir
         Surgir la Sion nouvelle;

Si de tes pleurs de sang tu peux laver son seuil,
Et déchirer après tes vêtements de deuil
    Pour une Pâque éternelle ;

Rebâtis pour le Temple un portique éclatant,
Et que le Saint des saints soit comme le Levant,
    Et l'Arche comme une étoile ;
Que les gemmes du monde éclairent ton Autel,
Que la « Maison » soit digne encor de l'Éternel
    Qui parle à travers le Voile !

Mais, souviens-toi, le temps de la haine est passé ;
Par une loi d'amour ton code est effacé ;
    Dieu restera « notre Père ! »
Pour que le Temple en soit l'éclatante Cité,
Fais-le, non pour toi seul, mais pour l'humanité :
    Dresse-le sur le Calvaire.

Rome.

LA CONFIANCE

A M. J. SANDEAU.

Poëte, en comparant un jour la confiance
A la fleur que détruit le glaçon des frimas,
Vous ajoutiez alors, dans votre expérience :
L'arbre en peut reverdir, mais ne refleurit pas.

Mais non! le cœur n'est pas cette plante sans séve
Qu'un premier souffle fane et flétrit sans retour;
Sous nos pleurs lentement sa tige se relève,
D'autres fleurs sur sa branche éclosent chaque jour.

Quand nous sentons les coups de notre destinée,
La confiance est là qui va nous soutenir.
Mais d'où vient ce secours à l'âme abandonnée?
Nous le portons en nous; il est le souvenir!

Oui, quand on se souvient des jours de sa jeunesse,
L'avenir se dessine à leur brillant reflet.
Ce renouveau du cœur donne toujours l'ivresse,
L'espérance a souvent la couleur du regret !

C'est qu'il est un moment, dans la plus courte histoire,
Où l'homme, s'il savait, se serait arrêté ;
Il a toujours une heure, au fond de sa mémoire,
Dont il aurait voulu faire l'éternité.

L'amour des premiers ans, plein de charme et de grâce,
N'est que l'éclair brillant qui précède le jour ;
Comme c'est le couchant le drame de l'espace,
Le drame de la vie est le dernier amour.

En serait-il ainsi, si l'homme sur sa route,
Laissait à chaque pas ce qu'il a de divin ?
S'il ne gardait au cœur que le fiel et le doute,
L'amour se mêlerait à cet aigre levain ?

Non. A chaque douleur l'âme devient meilleure
Et comprend le bonheur d'aimer, seule, en secret.
C'est un germe béni la larme que l'on pleure ;
La feuille sèche embaume et nourrit la forêt.

C'est vrai, la confiance est une fleur sauvage,
Mais dont plus d'un soleil vient dorer les contours.
Ceux qui savent souffrir comprennent ce langage :
On ne doute jamais quand on aime toujours.

Paris.

SAÚDADE [1]

A Mme DE P...

Com dôr que tem prazer, saúdade.
Garrett, Camões.

Vous m'avez prié de vous dire
Quelques phrases de mon'pays,
De la langue où mon cœur soupire :
Vous ordonnez, moi j'obéis.

Mais de ma langue je préfère
Ne vous en dire qu'un seul mot,
Suave comme une prière,
Ou déchirant comme un sanglot.

1. On prononce saoudade.

Il est dans chaque sérénade
Que vous entendez dans la nuit;
Apprenez-le, c'est *saúdade*,
Ce triste et mélodieux bruit.

Que dit-il? Je ne sais moi-même
S'il n'exprime le vrai bonheur...
Ce son si court est un poëme :
Il est le souvenir du cœur.

Il interprète la pensée
Qui nous accable tous les deux,
Mon soupir, la larme versée
En silence par vos yeux bleus.

Ne l'oubliez donc pas, madame,
Il dit mieux que votre « au revoir »
Ce que j'emporte dans mon âme:
Un regret, mais tout plein d'espoir!

Rome.

DANS LA FORÊT

A Mme A... DE P...

Ah! je l'ai deviné, ton âme était trop pleine;
Tu cherches le silence au sein de la forêt;
Voyant la gerbe d'eau briller dans la fontaine,
Tu t'enivres des pleurs de ton premier regret.

Je connais ta douleur, ton sein a plus de séve,
O douce et chère enfant, qu'il n'en peut renfermer;
Je sais quel vent du ciel ton jeune cœur soulève;
Tu n'aimes pas encor, tu vas bientôt aimer.

Comme un rayon distant le bouton fait éclore,
Un sentiment lointain t'arrache ce soupir.
Avant de se lever, le soleil fait l'aurore;
Avant de se montrer, l'amour te fait souffrir.

Vous m'écrivez, madame : « Alice est fiancée,
C'est un amour soudain, mais c'est un amour vrai. »
Vous souvient-il le jour qu'elle s'est égarée
Dans la forêt? C'était, je pense, au mois de mai.

C'est moi qui la trouvai, rêveuse et solitaire,
Voyant la gerbe d'eau de diverses couleurs.
Ce jour-là, dans son sein, blanc comme la lumière,
J'ai vu filtrer l'amour au travers de ses pleurs.

Elle voulut garder le secret dans son âme,
Mais un regard si pur rend le cœur transparent.
Y cacher son amour! autant valait, madame,
Dans une coupe d'or cacher un diamant.

Naples.

CRAINTE

A M. d'Andrade Pinto.

Oui, je me tais, car je l'aime ;
Je ne veux plus la revoir.
L'aimer de loin, sans espoir,
C'est l'illusion suprême.

Pourtant, c'est bien un problème!
Lorsqu'elle pleure, le soir,
A travers son grand œil noir,
Je puis lire en son cœur même.

Je n'ose; si je savais
Qu'elle m'aime, le mystère
En finirait pour jamais.

Sans lui, tu sais, cet amour,
Qui remplit ma vie entière,
N'aurait duré qu'un seul jour.

Londres.

L'ORGUEIL

A Mlle DE M...

L'on dirait que certains cœurs,
Comme une mal peinte amphore,
Mêlent aux fines liqueurs
Le poison qui les colore.

L'amour est le nouveau vin
Dont l'urne, encor fraîche, est pleine ;
Mais l'orgueil, aigre levain,
Y fait fermenter la haine.

Je ne saurais vous blâmer,
Mais je vous dis : jeune et fière,
Ne vous hâtez point d'aimer,
N'aimez jamais la première.

Florence.

L'OISEAU PERDU

A M. H. DE GOUVÊA

Nous étions sur le pont, à la fin du voyage,
Quand un oiseau venu du Brésil avec nous
S'envola du vaisseau vers la mer sans rivage,
Comme s'il allait voir nos forêts de bambous.

Le soleil se levait de la mer immobile,
Quand un navire au loin passa sous ses rayons ;
Les mâts dorés semblaient les hauts sommets d'une île,
Les voiles, en tombant, des bandes d'alcyons.

Le voilà qui fend l'air, et sa gorge en est pleine.
Tout enivré de joie, en chantant, il s'enfuit...
L'on dirait qu'il a vu notre plage lointaine,
Qu'il espère y rentrer, peut-être avant la nuit.

Non! je sais quel rayon passa dans sa prunelle,
Et jeta dans son âme une ardente clarté.
La mer et l'infini qu'il mesura de l'aile,
Ce tombeau sans pareil, c'était la liberté!

Naples.

LA TRANSFIGURATION

SOUS L'ÉQUATEUR

A M. JULIAõ GONSALVES.

Vois. L'Océan frémit sous l'axe de la terre,
L'épaule recourbée et le sein haletant.
Les flots sont les sillons tracés par le tonnerre
Sur le torse écrasé de ce sombre géant.

Le soleil un instant, dans sa démarche fière,
Paraissant étouffé par la mer et le ciel,
Hérisse sur le front sa sanglante crinière,
Comme un dieu qui dirait : « C'est moi seul l'Éternel ! »

Comme il est beau de voir cette lutte incessante
De l'onde et des rayons unis dans un faisceau,
Leur pyramide d'or, ou la pourpre éclatante
Que le soleil étend sur son vaste tombeau.

Il s'est transfiguré, le dieu de ma patrie.
Je vois sans m'éblouir la blancheur de son sein;
Si pur, si lumineux, ce globe est une hostie,
Et ses rayons mourants un ciboire divin !

Naples.

SOUVENIR DE L'ENFANCE

A M. A. DE C. MOREIRA

Ami, te souviens-tu de cette belle nuit,
Quand, après bien des ans d'oubli, d'indifférence,
J'allais seul avec toi, sans éclat et sans bruit,
Revoir les lieux charmants où j'ai passé l'enfance ?

L'on nous reçut tous deux dans la pauvre maison
Qui s'élève au jardin et qui fut mon école.
C'était aux premiers jours de la belle saison ;
L'on dansait dans les champs au son de la viole.

La nuit était sereine, et sur son manteau bleu
L'on voyait germer l'or des pâles nébuleuses;
J'aspirais les encens des hauts taillis en feu.
Sur quels sommets planaient nos deux âmes rêveuses?

Je m'en souviens encor : sous les caûers en fleurs
Tu parlas longuement d'une belle inconnue.
Ah! l'avenir, ami, comme il trompe nos cœurs!
Un voile transparent le cache à notre vue.

Tout était là... L'église où je priais souvent,
Le courant où flottait la palme desséchée,
Les cannes ondoyant sous le souffle du vent;
De mes rêves partout la terre était jonchée.

Mais lorsque j'entendis vibrer, triste et serein,
Le bronze saint béni le jour de mon baptême,
Que de soupirs sa voix éveilla dans mon sein!
Seul, dans cet horizon, je n'étais pas le même.

Ami, je veux souvent retourner à ce lieu,
Évoquer de nouveau mes rêves de l'enfance.
Au foyer de mon cœur je puis retrouver Dieu :
Sous son regard, mes pleurs font germer l'espérance.

Florence.

L'ÉPREUVE

A Miss L..... D...

Vous semblez ne douter jamais de votre force.
Vous croyez qu'à vingt ans l'on sait déjà vouloir.
Je devine la séve au travers de l'écorce ;
Sous votre front si pur l'âme se laisse voir.

Qu'il est jeune ce cœur ! C'est la foi qui l'allume.
Sur lui je sens le souffle et le rayon des cieux.
La terre n'y jeta rien de son amertume,
Une larme d'amour ondule dans vos yeux.

Gardez l'illusion, la fleur de la jeunesse ;
Laissez-le ce vin pur enivrer votre cœur.
Vous n'aurez à vous dire, en un jour de tristesse :
Mon courage, c'était la fierté du bonheur.

La vie est devant vous un splendide mirage !
Aux reflets du matin j'en découvre le soir.
Dieu même vous défend, gardez votre courage.
L'épreuve, croyez-moi, c'est l'amour sans espoir.

Londres.

SOMMEIL SUR MER

A Madame O. de S.......

Regarde, le ciel pur n'a pas un seul nuage,
Il semble s'éloigner de nous, le firmament.
L'onde ne se souvient déjà de notre plage,
Ni de nos voiles le vent.

Seul, ce frêle bateau, quand tout dort ou repose,
Sur la mer immobile un frisson fait courir,
Comme sur une coupe un pétale de rose,
Sur mon front un souvenir.

Ta lèvre va toucher mes paupières fermées,
L'haleine de ton âme embaumer mes cheveux,
Et sur moi va flotter l'essaim de tes pensées,
La nuit sombre de tes yeux.

Qu'il est doux d'écouter le vent quand il se lève !
Mais c'est plus doux encor d'entendre, ô mon destin,
Cet indicible bruit du soupir et du rêve
    Naissant au fond de ton sein.

La nuit laisse tomber l'aile froide et sonore ;
Les étoiles, penchant leur calice vermeil,
Euphorbes d'or du ciel, versent jusqu'à l'aurore
    Le doux poison du sommeil.

Nos âmes vont s'unir au-dessus de la terre ;
En s'endormant ainsi, dans un soupir divin,
Elles vont s'envoler, planer dans la lumière,
    Jusqu'aux reflets du matin.

Si de notre sommeil, de cette courte ivresse,
Nous ne devions garder qu'un souvenir confus,
Je voudrais m'endormir, ô Nuit, pâle déesse,
    Et ne me réveiller plus !

Naples.

A COLOMB

DEVANT LA STATUE DE COLOMB, A GÊNES

A Mrs. C. Hamilton

Des siècles ont passé, sombre visionnaire,
Depuis le jour suprême où tu vis, solitaire,
    Un nouveau monde à l'horizon,
Et des glaciers du pôle aux rayons du tropique,
Cette terre, Colomb, s'appelle l'Amérique,
    D'un autre elle porte le nom.

Mais qu'il vienne du sein de cette race fière
Dont le monde connaît la marche téméraire,
    La jeune et forte volonté,
Que l'on vit se dresser frémissante et sauvage
Pour fonder sur un sol purgé de l'esclavage
    « L'Union et la Liberté ; »

Qu'il vienne du pays où les superbes Andes
Couronnés de forêts, vertes, sombres guirlandes,
    Et d'un diadème vermeil,
Oscillant sur leur crypte, allument leur cratère,
Vastes bûchers fumants où célèbre la Terre
    Les funérailles du Soleil ;

Qu'il vienne du pays où le fier Amazone,
Roulant majestueux dans son grand manteau jaune
    Les eaux de cent fleuves géants,
Sous l'équateur en feu soulève sa crinière,
Devant la mer qui dresse au loin sa cordillère,
    Le combat de deux océans ;

Ou qu'il vienne, exilé, de cette île distante,
Débris d'une couronne autrefois éclatante,
    Qui frémit sous l'oppression,
Et qui, tendant les bras vers la terre lointaine,
Andromède des mers, dont les flots sont la chaîne,
    Seule, attend la rédemption ;

L'Américain, devant ce marbre qu'il salue,
Se demande quel jour il verra ta statue

Aux lieux qu'aborda ton vaisseau;

Car c'est toi qui les fis surgir du sein de l'onde.

L'Amérique est ton œuvre : en découvrant un monde,

     Tu l'auras créé de nouveau!

Ta gloire grandira sur tout cet hémisphère

Que tu trouvas, Colomb, sur les flots, solitaire,

     Et que ta foi rendit à Dieu,

Tant qu'on verra les bras de cette Croix sauvage,

Que tu dressas un jour sur la déserte plage,

     Pleins d'étoiles dans le ciel bleu!

Gênes.

MA POÉSIE

A Miss .....

Oh ! non, je ne suis pas cet immortel poëte,
Dont tu rêvas longtemps et qui devait venir ;
Ni le jeune psalmiste en ses habits de fête,
Que tu voyais surgir au seuil de l'avenir.

Tu voulais t'enivrer de cette poésie,
Et boire dans mon sein le doux nectar divin ;
Et tu disais : « Ces vers aussi purs que l'hostie,
Le pain même de Dieu, n'auront pas de levain. »

Si je voulais chanter pour mon cœur solitaire,
Ou pour plaire à ton âme, ô belle vision,
Ne vaudrait-il pas mieux et sentir et nous taire,
Écouter tous les deux notre adoration ?

Mais je dois m'oublier et chanter l'espérance.
Le monde est un désert qu'il faut semer de fleurs ;
Sur le sein accablé, meurtri par la souffrance,
Il faut laisser tomber le baume de nos pleurs.

La terre est une triste et bien sombre demeure :
Pour que l'homme s'attache à ce terrible lieu,
Il faut que le poëte avec lui souffre et pleure,
Et lui fasse espérer l'adoption de Dieu.

Car Dieu toujours est loin, et notre humble prière
Ne le fait point descendre à çe séjour du mal ;
En vain nous l'appelons et crions : « Notre Père ! »
'Il n'est encor pour nous qu'un soupir, l'idéal.

Je ne sais quel Archange ébaucha cette terre,
Quel artiste divin la fit d'un seul rayon ;
Mais je pourrais lui dire : « Esprit pur de lumière,
Pour faire l'homme libre il faut le faire bon.

Et si tu veux qu'il soit le témoin de ta gloire,
Si pour lui l'Infini désire s'affirmer,
Il est bien temps qu'il ait la puissance de croire ;
Pour te comprendre, l'homme a besoin de t'aimer ! »

Non, ce livre n'est point ce qu'attendait ton âme,
Aussi de l'avoir fait, avant de le finir
J'en demande pardon, non à l'ange, à la femme.
Qu'il ne vive qu'un jour, mais dans ton souvenir.

Paris.

LE SIÈCLE ET LA PAIX

I

Notre siècle, où va-t-il? quelle est la parabole
    Du météore éblouissant
Qui parut autrefois dans sa rouge auréole,
    Et que nous voyons au couchant?
Est-il un astre bon, à la douce lumière,
    Plein de chaleur et de clarté,
Qui s'allume à jamais pour féconder la terre
    Au zénith de l'humanité;
Ou plutôt le fragment d'une morte nature,
    Bolide aux cratères fumants,
Qui veut tout ravager, en roulant sa ceinture
    Sur le monde pendant cent ans?

II

Quand la science vainc et dompte la matière,
　　Et sur elle fonde ses droits;
Que l'homme veut régner sur la planète entière,
　　Et lui tracer même des lois;
Quand la locomotive, en éveillant nos plages
　　Avec sa fumée et son bruit,
Paraît un long troupeau de buffles, noirs, sauvages,
　　Mugissant au loin dans la nuit;
Quand des plus hauts sommets jusqu'à ces bancs de sable
　　Qui roulent dans la profondeur,
Le monde tout entier est entouré d'un câble
　　Ainsi que d'un autre équateur;
Quand sous les noirs granits, rampant comme un reptile,
　　Les trains se meuvent en hurlant,
Et quand un homme seul fait de l'Afrique une île,
　　La découd du vieux continent;
En voyant, étonné, les exploits de cet âge
　　Qui dompte l'électricité,

Qui veut sur cette terre abolir l'esclavage,
    Rendre libre l'humanité;
Tout homme se sent fier d'être né de la race
    Dont il contemple les succès;
Et découvrant partout la lumineuse trace
    Que laisse le char du progrès,
Il demande, orgueilleux, si la vive lumière
    Annonce l'âge d'or des dieux;
Si l'homme ne doit pas, trop grand pour cette terre,
    Escalader demain les cieux!

III

Ceux qui virent le siècle aux jours de leur jeunesse
    Avec la Révolution,
Ont cru que ce géant leur tiendrait la promesse
    De sa rude conception.
Car l'année où de lui sa mère devint grosse,
    De la main elle ébranlait tout,
Et fouillait les tombeaux pour rejeter, féroce,
    La cendre des rois à l'égout;

Pour doter son enfant de vigueur et de force
  Et bien le nourrir dans son flanc,
Les seins nus elle allait, nuit et jour, à la Force
  S'abreuver de vin et de sang.

Que voulait-elle alors, quand sa main meurtrière,
  Aux jours de son aveugle foi,
Jetait comme un défi par-dessus la frontière
  La noble tête de son roi;

Et quand, pour affranchir l'homme de la souffrance
  Et le faire libre en tout lieu,
Proclamant la raison, le culte de la France,
  Elle rêvait d'abolir Dieu?

Je sais ce que voulait cette terrible mère,
  Dans ses sombres égarements,
Songeant à balayer, de son pied, de la terre
  La poussière de six mille ans;

Elle voulait alors, du souffle de sa bouche,
  Et des bords même du tombeau,
Anéantir l'histoire, et pour son lit de couche
  Créer tout un monde nouveau...

Mais un jour on la vit s'affaisser haletante,
  Perdre les sens et la raison.
Elle accouchait du siècle, ivre-morte et sanglante,
  Sous les pieds de Napoléon!

IV

Ah! quand le monde voit qu'on mutile la France
　　Sans un instant s'en émouvoir ;
Quant au poteau de Metz on lit cette sentence :
　　« Il te faut laisser tout espoir ; »
Quand un grand peuple veut, en méditant la Bible,
　　Lui le maître de l'avenir,
Tuer en moins de temps le plus d'hommes possible,
　　ʹ Pour s'emparer du *devenir ;*
L'on se dit que bientôt la force et l'esclavage
　　Auront un terrible retour.
Oui! le monde chrétien, après vingt siècles d'âge,
　　Est plus barbare chaque jour !
Car autrefois un livre empêchait les batailles,
　　Le combat n'était qu'un tournoi ;
Les soldats défilaient sous leurs cottes de mailles,
　　La force dénonçait le roi...
C'était un temps heureux, — la belle Renaissance, —
　　L'on se battait en pourpoint blanc,

Ils venaient, tous ces preux, ils rompaient une lance,
   Et partaient sans verser de sang.

Aujourd'hui, c'est changé ! Le temps de la machine
   N'a déjà plus le même cœur,

L'homme va découvrir l'étincelle divine ;
   Il se croit bien plus grand seigneur.

Voyez sa nonchalance en allumant la mèche ;
   Comme il sourit à ce canon

En regardant l'obus courir comme une flèche,
   Puis éclater à l'horizon !

Pour vaincre il ne faut plus l'ardeur et le courage,
   Un cœur serein et raffermi,

Les soldats maintenant tombent dans le carnage,
   Sans même avoir vu l'ennemi !

V

Ah ! qui saurait la voir, la carte de l'Europe
   Sans un mouvement de dédain ?

Qui donc l'aura tiré ce maudit horoscope
   Qui pourrait s'accomplir demain ?...

Ici c'est un pays que la conquête enchaîne,
  Un colosse sombre et puissant,
Dont les membres divers, réunis par la haine,
  Vont se briser à chaque instant.
La Pologne est plus loin; que de cruels partages
  Ont déchiré ce corps mourant;
Cadavre d'un lion que des chacals sauvages
  Rongent de leur avide dent !
Ici la nation qui domina la terre,
  Maintenant aux pieds du vainqueur;
C'est un sillon de sang qui forme sa frontière
  Et qu'on voit ouvert dans son cœur...
Voyez-la, cette carte; on la dit éternelle,
  Mais elle est un sanglant manteau...
Chaque coup de canon, ou chaque arme nouvelle
  En découd toujours un lambeau.
Et derrière, voyez, dans les sombres espaces,
  Toutes pleines d'avidité,
Se profilent déjà ces jeunes, fortes races,
  Qui marchent vers la liberté;
Et partout l'on peut voir, croissant encor dans l'ombre,
  Et comme un terrible ferment,
La dynastie énorme, acéphale du nombre,
  Attendant son avénement.

Que de combats encor, de meurtres, de batailles,

    Et d'orphelins mourant de faim,

Quels malheurs l'avenir porte dans ses entrailles,

    Quel gouffre insondable — demain !

Qui de nous peut savoir ce qu'il faudrait encore

    De champs tout jonchés d'ossements

Que le soleil naissant de ses rayons colore,

    De villes et palais brûlants ;

Dans ce monde moderne où tout se développe,

    Où l'instinct de la guerre croît,

Ce qu'il faudrait de sang pour fonder en Europe

    Le seul équilibre du droit !

VI

Si le monde savait, comme autrefois la Grèce,

    Les noms de ces terribles dieux,

Dont l'unique désir est d'exciter sans cesse

    De nouveaux combats sous les cieux,

Ah ! comme nous ferions à ces dieux sanguinaires

    Des sacrifices éclatants,

Et ce culte de sang aurait des volontaires,
    Qui sauraient s'immoler contents.
Sur le vaisseau léger irait la théorie
    Vers cette nouvelle Délos,
Et nous verrions tout fiers, en quittant la patrie,
    Sa carène entr'ouvrir les flots !
Sur les autels des dieux l'on offrirait l'élite
    De chaque génération,
Et les conscrits iraient aux mains de leur lévite
    Se livrer pour l'oblation.
Non ; nul ne manquerait le jour de l'hécatombe ;
    Mais, paré des plus belles fleurs,
Chacun d'eux, sans faiblir, attendrait sur sa tombe
    L'appel des sacrificateurs...
Si, tout en regrettant cette belle jeunesse
    Immolée au sombre destin,
L'humanité pouvait, dès lors marchant sans cesse,
    Atteindre l'idéal divin ;
Et si, dans le passé le meurtre et la conquête
    Devant s'effacer sans retour,
Il pouvait se lever, sur toute la planète,
    Une immense aurore d'amour !

      Rome.

LA RÉSURRECTION

A Madame la comtesse de Mosc...

Vous ne comprenez pas ce sentiment vulgaire,
Le regret que j'éprouve au moment du départ ;
Sur ces riants pays que nous laissons derrière
Vous ne jetez pas même un seul dernier regard.

Mais je sais le secret de votre rêverie.
Je lis sur votre front, sur son noble profil ;
En ce monde partout vous êtes sans patrie,
La terre n'est pour vous qu'un vaste lieu d'exil.

Vous avez dans le cœur un boulet de la chaîne
Qui vous unit au sol que vous avez quitté,
Et vous sentez toujours un souffle de l'Ukraine,
La nostalgie encor de sa captivité.

Comme une fleur éclose, au loin, sur ces rivages,
Vous devez du pays embaumer le sommeil...
Et vous craignez, voguant vers de nouvelles plages,
Que d'autres avant vous contemplent son réveil.

Car une voix du ciel vous dit toujours : « Espère ;
La nouvelle moisson va venir pour nos champs ;
Ne prends point de repos sur la terre étrangère ;
En sortant du tombeau, je veux voir mes enfants! »

De ce suprême espoir vous avez l'âme pleine ;
Vous restez sur le sol où la Pologne dort,
Rêvant de voir un jour, comme la Madeleine,
Votre dieu se lever lumineux de la mort.

Naples.

AU LECTEUR

Je parle une langue étrangère
Dans mes vers ; je ne sais pourquoi.
Peut-être pour dire à ma mère,
Le poëte, ce n'est pas moi.

Oui, ce livre sans harmonie,
Je l'ai fait pendant cet hiver,
Voyant la sombre draperie
Qu'à mes pieds déroulait la mer.

Mais déjà renaît le feuillage,
Et le printemps sur cette page,
Vient jeter son premier rayon...

Ne craignez rien ; c'est la dernière
Je retourne à mon horizon.
Nous ne nous verrons plus, j'espère.

Rome.

FIN

TABLE

	Pages.
MON LIVRE.	1
A LA FRANCE.	3
NOSTALGIE ET AMOUR.	11
ILLUSION	13
LE RÊVE	15
LE PREMIER ROMAN.	18
A POMPÉI	20
FANTAISIE.	23
LE CANTIQUE AU DÉSERT.	26
LA CONFIANCE.	32
SAUDADE.	35
DANS LA FORÊT.	37
CRAINTE.	39
L'ORGUEIL.	41
L'OISEAU PERDU	42
LA TRANSFIGURATION.	44
SOUVENIR DE L'ENFANCE.	46

	Pages.
L'Épreuve.	48
Sommeil sur mer	50
A Colomb.	52
Ma Poésie..	55
Le Siècle et la Paix.	58
La Résurrection	67
Au Lecteur.	69

Paris. — J. Claye, imprimeur, 7, rue Saint-Benoît. — [1302]

www.ingramcontent.com/pod-product-compliance
Lightning Source LLC
Chambersburg PA
CBHW070810260626
47161CB00006B/2230